IL FALLAIT ÇA

OU

LE BARBIER OPTIMISTE

— 1789-1850 —

PARIS

JOEL CHERBULIEZ LIBRAIRE

6, PLACE DE L'ORATOIRE

GENÈVE, MÊME MAISON

1849

IL FALLAIT ÇA

OU

LE BARBIER OPTIMISTE

1789-1850

Imprimé par GUSTAVE GRATIOT, 11, rue de la Monnaie.

IL FALLAIT ÇA

OU

LE BARBIER OPTIMISTE

— 1789-1850 —

PARIS

JOEL CHERBULIEZ LIBRAIRE

6, PLACE DE L'ORATOIRE

GENÈVE, MÊME MAISON

1849

AVANT-PROPOS

Cette boutade n'était point destinée à l'impression. Mais la première partie ayant obtenu quelque succès de salon, j'en laissai bénévolement prendre des copies, et grâce à cette faiblesse d'auteur, l'ouvrage, si toutefois ce nom n'est pas trop ambitieux, ne tarda pas à circuler. Il avait été composé rapidement, sans nulle prétention, avec négligence même,

1.

et les fautes y fourmillaient. Les copistes l'achevèrent, de telle façon que le pauvre carabin sortit de leurs mains à peine reconnaissable. Palissot le fit imprimer à Paris, en 1808, avec quelques corrections et variantes, en changeant le lieu de la scène que j'avais placé à Genève et qu'il transporta dans la capitale.

Plus tard, M. de M....... en fit une seconde édition; il y glissa d'assez mauvais vers, et l'orna d'une préface, dans laquelle, de son autorité privée, il annonçait mon décès et s'emparait de la succession, l'estimant de bonne prise. Je ne jugeai pas à propos de réclamer contre ce meurtre et cette spoliation; je me tins pour dûment enterré.

Enfin, après le retour des Bourbons, en 1814, un monsieur S...., de Lyon, s'avisa de publier mon œuvre, escortée d'une suite de son estoc, où il se montrait plus ridicule que le barbier même. Il me fit l'honneur de m'envoyer le tout, accompagné d'une fort belle lettre que je crus devoir laisser sans réponse.

Tel fut le sort de la première partie. On ne me contestera pas, je pense, le droit de rentrer dans ma propriété, ainsi que celui de la publier dans sa forme primitive.

Quant à la seconde partie, je me montrai moins complaisant, aussi la connaît-on fort peu, et la troisième encore moins, elle n'é-

tait pas jusqu'ici sortie de mon portefeuille.
Cette précaution me permet aujourd'hui d'offrir au public quelque chose qui, à défaut d'autre mérite, a du moins celui de la nouveauté.

J.-F. CHAPONNIÈRE.

Genève, le 5 mars 1849.

IL FALLAIT ÇA

ou

LE BARBIER OPTIMISTE

PREMIÈRE PARTIE

1789-1804

PREMIÈRE PARTIE

1789-1804

Il est des gens que le ciel favorise,

Le noir souci ne les atteint jamais ;

Rien ne saurait exciter leurs regrets,

Ni leur causer de fâcheuse surprise :

On les voit toujours satisfaits.

Quand le feu de la canicule

Frappe sur nos guérets, les dessèche, les brûle :

« Bon, » disent-ils, « le vin sera meilleur ;

« Pour mûrir le raisin il faut de la chaleur. »

Sommes-nous inondés de pluie,

Écoutez-les :

« Quel temps pour la prairie !

« C'est ravissant ; la verdure en tous lieux

« Va reparaître et récréer nos yeux. »

Les coups redoublés du tonnerre

Semblent-ils menacer la terre ;

Entend-on mugir les autans ;

La grêle, les débordements,

Exercent-ils leur fureur meurtrière ?

« Voilà, » disent nos bonnes gens,

« L’atmosphère qui se dégage ;

« Cela convient de temps en temps,

« L’air est plus pur après l’orage.

Le trépas d’un ami les rend peu soucieux.

« Il est mort ? Le pauvre homme ! Eh bien ! il est heureux ;

« Il est en paix, Dieu veuille avoir son âme ! »

Se résignant sans peine aux arrêts du destin,

Aucun de ces messieurs n’expire de chagrin

Lorsqu’il vient à perdre sa femme.

Mon carabin est un de ces élus ;

Joyeux Gascon, s’il en fut dans le monde,

Tout irait de travers sur la machine ronde

Qu’il n’en rirait ni moins, ni plus.

Un événement politique

Vient-il changer la face de l'État?

Mon homme approuve, il admire; il combat

Toute plainte et toute critique.

Il vous dit d'un air important :

« Il fallait ça! Sandis! nous allons mainténant

« Être heureux. Lé passé ne valait pas lé diable;

« L'avénir séra délectable;

« En attendant, jouissons du présent. »

Dans ces temps, où l'effervescence

Avait gagné tous les esprits,

Où l'incendie, allumé dans Paris,

Mettait en feu toute la France,

Je vis un jour arriver mon frater,

Se rengorgeant, l'air agréable et fier.

— Comment, c'est vous : pourquoi cet uniforme,

Ce grand plumet, cette cocarde énorme? —

« Pourquoi, sandis ! et né savez-vous pas

« Qu'on a mis la noblesse à bas ;

« Qué nous sommes égaux, qué lé roi Louis seize

« A restauré la liberté française?

« Qué nous né sommés plus sujets, mais nation ;

« Qu'aujourd'hui c'est fête publique ;

« Qu'on vient dé proclamer la fédération,

« Et que je vais d'affection

« Y prêter le serment civique?

« Eh donc ! n'est-ce pas magnifique?

— Vraiment ces débuts sont fort beaux ;

Vous lanternez les gens, vous brûlez les châteaux,

Vous pillez —

« Quellé mauviette !

« Avec vos propos doucéreux

« Vous n'êtes qu'une femmelette ;

« Eh ! sandis ! sans casser les œufs

« Pourrait-on faire une omelette ?

« Si l'on s'est montré rigoureux,

« Il fallait ça : les nobles et les prêtres

« Prétendaient nous donner à retordre du fil ;

« Mais lé patriote est subtil,

« Il a su démasquer les traîtres ;

« Il rira bien celui qui le dernier rira ;

« Malgré leurs dents, cadédis ! *çà ira* :

« Lé roi lé veut. C'est un monarque habile,

« Sagé, prudent, ferme et dé bonne foi.

« La nation, la loi, lé roi,

« Voilà lé nouvel évangile.

« Adiusias, jé vole avec ardeur

« Au champ dé Mars. »

Il part d'un air vainqueur.

La révolution, d'une marche rapide,

Parcourt son cercle destructeur,

Et de la liberté le grand restaurateur

Tombe sous la hache homicide.

Je croyais le Gascon plongé dans le chagrin :

Pas du tout; il arrive avec un front serein,

De plaisir son œil étincelle.

« Eh donc, sandis ! grande nouvelle !

« Lé daron est à bas : sans prendre du tabac,

« Il vient d'éternuer au sac.

« C'était bien, entré nous, lé plus grand imbécile !

« Un traitré qui nous abusait ;

« Aux ennemis il nous vendait,

« Son trépas en épargné.... mille.

« Il fallait ça. D'ailleurs, qu'a-t-on bésoin d'un roi ?

« Pour souvérain n'avons-nous pas la loi ?

« Lé grand malheur qu'il faillé sé résoudre

« A sé passer dé messieurs les Bourbons ;

« C'est, mon cher, trenté millions

« Qui rentrent dans lé sac à poudre.

« Plus dé tyran ! Fonfrède, Péthion,

« Et cette Gironde énergique,

« Vont gouverner la nation

« Comme des dieux : c'est mon opinion.

« A bas les rois ! vivé la république ! »

L'audace, la fureur, les revers, les succès,

Signalent chaque jour cette époque sanglante ;

La raison fuit, et sur le sol français

Règnent le deuil et l'épouvante.

Des législateurs inhumains,

De Néron suivant les maximes,

Tour à tour bourreaux et victimes,

Meurent sur l'échafaud qu'avaient dressé leurs mains.

Noble, prêtre, fédéraliste,

Cordelier, feuillant, girondin,

Modéré, suspect, alarmiste,

Tout tombe, tout périt sous le fer assassin.

Qui pouvait échapper à la fatale liste ?

On nageait dans le sang..... J'aperçois le barbier.

Il entre d'un air de conquête;

Un bonnet rouge orne sa tête.

« Ah! té voilà. »

— Vous êtes familier. —

« Doucément, point dé vous; jé té rappelle à l'ordre;

« Qui né s'y met sé féra mordre,

« Cadédis! né badinons pas :

« On sé tutoie, il faut sé mettre au pas,

« Ou tu ferais suspecter ton civisme. »

— Eh! laissez-moi, votre patriotisme

Me fait horreur. Comment justifier

Tous vos excès? Comment les excuser? —

« Bah! qué dé bruit! pourquoi cette colère?

« Eh qué fait-on qué l'on né doivé faire? »

— Oui, vantez vos exploits sanglants :

Les girondins détruits. —

« C'étaient des intrigants. »

— Les riches dépouillés. —

« Il faut dé la finance. »

— Les prêtres... —

« Voudrais-tu défendre cette engeance?

« Veux-tu toujours nous voir menés

« Comme des dindons par lé nez?

« Veux-tu croupir dans l'ignorance?

« Pour moi, jé suis honteux d'avoir été chrétien;

« C'en est fait, jé né crois plus rien,

« Et jé dis qu'il faut une chasse

« Sur lé cagot commé sur la bécasse. »

— Mais les savants. —

« Bah! cé sont des jongleurs. »

— Les fermiers... —

« Les fermiers sont des accapareurs. »

— Le maximum abîme le commerce.

« C'est un conté dont on té berce.

« Et d'ailleurs où sérait lé mal

« Quand tous ces brocanteurs iraient à l'hôpital?

« Lé luxé n'est pas fait pour uné république;

« Il ruine les grands États :

« Tous laboureurs et tous soldats,

« Il faut ça. Vois la Grèce antique :

« Voilà cé qu'il faut admirer !

« Déjà pour sé régénérer

« Dans toute la France on sé pique

« Dé l'imiter. J'ai pris un nom républicain;

« Jé né suis plus La Trousse, mais Tarquin;

« On m'a dit au club qué cet homme

« Avait sauvé la liberté dé Rome? »

— Sottise! —

« Cé qu'on fait, moi jé l'approuvé fort.

« Pour mener la barque à bon port

« Un peu dé sang est nécessaire.

« L'humanité, la douceur, ou la mort,

« Il faut ça : vivé Robespierre ! »

Ce Robespierre achève son destin ;

Sous le glaive il expire enfin.

Le carabin, muni d'une gazette,

Vient tout joyeux me conter la défaite

Des Triumvirs.

« Sandis ! ils sont à bas !

« C'en était temps ; cé trio sanguinaire,

« S'il eût poursuivi sa carrière,

« Touté la France aurait franchi lé pas.

« On n'est pas des trembleurs au bord dé la Garonne ;

     « Mais d'après cé qué jé voyais,

     « Sans vanité jé commençais

     « A frissonner pour ma personne :

     « Commé rien n'était respecté,

   « Qué lé mérite était persécuté,

« Jé pouvais avoir peur. La France était lassée

     « Dé cé genré d'oppression.

     « Ellé s'en est débarrassée,

« Tout est au mieux : honneur à la Convention ! »

De thermidor la faction chemine.

Entre ses mains tout languit, tout décline,

Plus de vigueur. Le soldat, mal vêtu,

Plus mal payé, de détresse abattu,

Sent expirer toute son énergie.

                              3

Le peuple a faim, il se lamente, il crie.

De chute en chute, un malheureux papier,

A ses porteurs, offre pour hypothèque,

Tout simplement sa valeur intrinsèque.

Je me disais : Que pense le barbier?

Il parut sur ces entrefaites.

— Eh bien ? —

« Né dites mot : nous acquittons nos dettes.

« Pour du réel nous donnons du frétin.

« Des assignats la planche va son train.

« D'émissions nous né sommes pas chiches.

« Dans peu dé temps nous sérons riches.

« Il fallait ça ! »

Pour voir un terme à ces malheurs

Sur le pinacle on met cinq directeurs

Qui préludèrent avec gloire.

Bientôt la paix succède à la victoire :

On respirait : le frater triomphant,

De ce régime exaltait l'excellence.

« Lé voilà cé gouvernement

« Qu'il nous fallait : il est sagé, puissant,

« Rien né saurait troubler son existence.

« Il est, sandis! solide comme un roc,

« Plus dé factions, plus dé choc,

« Plus dé maux! Lé bonheur commence.

« Il faut ça ! »

Quelque temps encor,

Aux douceurs de la paix on se laisse surprendre ;

Mais le feu couvait sous la cendre ;

L'explosion éclate en fructidor,

Et le désordre recommence.

Faiblesse, orgueil, crimes, revers,

De nouveau désolent la France,

Qui, sentant le poids de ses fers,

Soupire après sa délivrance.

Un guerrier part de l'Orient.

Se reposant sur la fortune,

Bravant les Anglais et Neptune,

Il franchit l'humide élément,

Il arrive ; et dans un instant,

Tout prend une nouvelle face.

Pour s'emparer des gouvernants,

Les chasser, se mettre à leur place,

Écarter tous les concurrents,

Un jour suffit à son audace.

« Enfin nous voilà tous contents. »

Dit le barbier : « Cé pétit Bonaparte,

« Cadédis ! né perd pas la carte ;

« Il vient,... crac !... »

                    — Et vos directeurs,

Sages, puissants... —

                    « Bah ! c'étaient des voleurs ;

« Sur lé partage ils né pouvaient s'entendre,

« Ils s'écharpaient. On dévait bien s'attendre

« A cé qué cinq grivois né pourraient nous méner ;

                                        3.

« Un hommé seul saura mieux gouverner,

« Mainténir tout dans un juste équilibre ;

« Il fallait ça ! Lé Français séra libre,

« J'en suis garant. »

                              — Mais on peut redouter

Que sur le trône on ne veuille monter ;

Du sceptre, un jour, on peut avoir envie. —

« Vous connaissez bien son génie

« Pour lui prêter un tel dessein !

« Sandis ! commé César il est républicain.

« Né croyez pas qu'à la couronne il rêve ;

« Jé l'ai rasé quand il vint à Génève

« Et j'en réponds. Sur lé sort de l'État

« Jé suis tranquille. Adieu ! vivé lé Consulat ! »

Une main vigoureuse et ferme

Dirige tout; des maux sont réparés.

Sur l'avenir les Français rassurés

De l'anarchie osent prévoir le terme.

Ils respectent leur chef, admirent ses exploits,

Et veulent par reconnaissance,

Tout le temps de son existence,

Marcher, combattre et vivre sous ses lois.

De ce rang, de cette puissance,

Notre héros, peu satisfait,

Impatient vers le trône s'élance.

Tout réussit à ce souhait,

Tout lui sourit, à ses vœux tout conspire,

Et sans obstacle il parvient à l'empire.

Je vis Tarquin.

— Eh bien?

                    « Eh bien, sandis!

        « Nous révénons d'où nous sommés partis.

    « On vivait bien alors, on vivra bien encore.

            « Il faudrait être une pécore

    « Pour né pas applaudir à cet événement.

        « La monarchie est lé gouvernement

            « Qui nous convient. »

                        — Et votre république? —

        « C'était un projet chimérique

        « Qué dé vouloir l'établir parmi nous :

« Il faut un roi. »

— Mais réfléchissez-vous

Qu'avec le pouvoir monarchique

Renaîtront le clergé, la superstition. —

« Il faut au peuple uné réligion ;

« Il est bon qué parfois il sé rende à confesse :

« Jé grillé d'entendre uné messe.»

— Mais cette Légion d'honneur? —

« Né faut-il pas uné noblesse? »

— Mais ces impôts, ce luxe destructeur? —

« Eh ! tant mieux, mon très cher ! lé luxe est nécessaire.

« Cadédis ! avec ces tondus,

« Ces Caracallas, ces Titus,

« Jé né faisais qué dé l'eau claire.

« Mais, sous un empéreur, lé frison va régner ;

« Élégamment on sé féra peigner ;

« Nous réverrons la grecque, la vergette,

« Le hérisson, le catogan, l'aigrette,

« Et la bourse, et la cadénette,

« Et lé fer à chéval, et l'ailé dé pigeon.

« Il fallait ça, sandis, vivé Napoléon ! »

Ainsi parlait notre Gascon,

Qui fut, pendant ces temps de tumulte et d'orage,

Le seul heureux..., peut-être le seul sage.

IL FALLAIT ÇA

OU

LE BARBIER OPTIMISTE

DEUXIÈME PARTIE

1804-1814

DEUXIÈME PARTIE
1804-1814.

A quoi bon l'humeur inquiète?

Amis, je vous l'ai dit et je vous le répète :

Imitons, s'il se peut, le mortel fortuné

Qu'aucun événement n'a jamais consterné,

Qui voit d'un œil égal les chances de la vie,

Se rit des maux passés, ou fait mieux, les oublie,

Admire le présent, et, dans son gai cerveau,

Se peint l'avenir toujours beau.

Vous connaissez déjà le personnage ;

C'est le barbier, c'est mon joyeux Gascon,

Que j'ai laissé criant : Vive Napoléon !

Il fallait tenir ce langage

Et vanter le héros pour plaire au bon frater.

Un jour il me disait :

« Mon cher,

«· Jé né puis déviner quellé mouché vous pique ;

« Vous né partagez point l'allégresse publique.

« Qué diable vous faut-il ? Sommés-nous pas heureux ?

« Notre empéreur est bon, sensible, généreux... »

— Sensible ! généreux ! Vous oubliez, je pense,

Que Moreau dans l'exil traîne·son existence. —

        « Il fallait ça. Cadédis ! entré nous,

            « Lé Moreau n'était qu'un jaloux.

    « Il blâmait tout. Un roi n'aime pas qu'on lé fronde ;

    « Puis un soleil suffit pour éclairer lé monde. »

        — Et Pichegru, lâchement massacré ? —

        « Et Pichégru ? C'était un conjuré ;

        « Il conspirait dé concert avec Georges.

            « Lui seul dé sa mort est l'auteur ;

        « Il s'est vu pris, il s'est serré la gorge. »

        — Réfléchissez, vous êtes dans l'erreur. —

« Jé né réfléchis point ; jé crois *lé Moniteur*.

« Il a fort bien arrangé cette affaire. »

— Et ce prince arraché d'une terre étrangère,

Traduit, jugé, fusillé... —

« Doucément :

« Raisonnons sur cé point philosophiquément.

« Voyant rénaître la couronne,

« Ceux qui mirent à bas lé roi,

« Peuvent craindre pour leur personne.

« Par cé fusillément, Napoléon leur donne

« Un gagé dé sa bonne foi.

« Ainsi l'on conviendra, pour peu qué l'on raisonne,

« Qu'il fallait ça. »

— Non, c'est un crime affreux. —

« On n'est plus criminel alors qu'on est heureux.

« Mais dé grâce oublions toutes ces bagatelles ;

« Né songeons qu'aux vivants, laissons en paix les morts.

   « Nous avons bien d'autres nouvelles

   « Voilà mainténant tous nos ports

« Remplis dé bateaux plats, dé brûlots ; on va faire

   « Un pétit tour chez l'insulaire.

« Les Anglais sont flambés ; un bon vent nous suffit. »

— C'est ce qu'il faudra voir. —

« *Lé Moniteur* lé dit. »

Des Français, en effet, les cohortes guerrières,

Sur les côtes du Nord déployaient leurs bannières.

Dans les rades bloqués, de nombreux matelots

S'exercent chaque jour à voguer sur les flots.

Impatients et parqués au rivage,

Les soldats attendaient le signal du passage ;

Quand, tout à coup, ces bords sont désertés ;

On est parti. Les guerriers enchantés

De ce nouveau plan de campagne,

Comme un torrent fondent sur l'Allemagne.

Güntzbourg, Ulm, Austerlitz, attestent leurs succès.

Surpris quand ils croyaient surprendre

Alexandre et François sont contraints de se rendre,

Et de solliciter la paix.

« Sont-ils punis dé leur folle manie ! »

S'écriait le barbier. « Lutter contre un génie !

« Contré Napoléon, cet œil dé l'Univers !

« C'est pour ses ennemis qué sont·fait les révers. »

— Mais Trafalgar ? —

« La belle affaire !

« Eh sandis ! c'est une misère.

« Quelques vaisseaux, bibus; nous n'en manquerons pas

« Et Nelson, qu'on a coulé bas ?

« En vain l'Anglais voudrait s'en faire accroire,

« Dans eé combat nous eûmes la victoire,

« Ou peu s'en faut. »

— Comment ? —

« Lisez lé *Moniteur*.

« Vous verrez qu'en tous lieux lé Français est vainqueur,

« Qu'il est libre, sandis! commé l'air qu'il respire... »

— Libre! Allons donc, vous voulez rire;

Oubliez-vous déjà ces donjons rétablis ?

On rasa la Bastille, on en relève dix... —

« Jé voudrais, cadédis! qu'on en réléva douze.

« Sé peut-il, qu'à cé point, un brave homme sé blouse !

« Ça, raisonnons dé sang-froid : l'empéreur

« Dé notre liberté n'est-il pas protecteur?

« Et, si quelqu'un secrètement conspire

« Contré lui, n'est-ce pas conspirer contré nous?

« Et quand on met lé drôle entre quatre verrous,

« Avons-nous quelqué mot à dire ? »

Ainsi le carabin, dans un constant délire,

Repoussait la critique, et quoiqu'ami du vin,

Jusqu'aux droits réunis, tout lui semblait divin.

Après l'Autriche et la Russie,

La Prusse, aux champs d'Iéna, fut vaincue à son tour;

Pour saper cette monarchie

Au Français valeureux il ne fallut qu'un jour.

« Vivat! » disait La Trousse, « on voulait un royaume

« Pour lé pétit frère Jérôme.

« Et lé Russé qui vient défendré lé voisin,

« Qu'on frotte et qui partage avec nous lé butin!

« Ah! les honnêtes gens! Enfin la paix est faite :

« Il fallait ça : notre gloire est complète!

Du conquérant le plus ambitieux

Le traité de Tilsitt devait combler les vœux.

Dominateur de l'Allemagne,

Maître de l'Italie et dirigeant l'Espagne,

Napoléon pouvait se reposer;

Mais plus il fut heureux, plus il voulut oser.

Un monarque et son fils, du sein de leur patrie,

Sont arrachés par une perfidie.

De ce noir attentat l'Espagnol courroucé,

Contre l'usurpateur lève sa tête altière,

Et le premier oppose une barrière

Aux projets de cet insensé,

Qui, déroulant alors son absurde système,

Veut contraindre le continent

A se priver de tout, à s'immoler lui-même.

De toutes parts le mécontentement

Accueille ces décrets dictés par la folie;

L'Autriche à l'Anglais se rallie

Et lève des combats l'étendard menaçant.

Dans Essling, dans Wagram, cette cruelle guerre

De flots de sang couvrit la terre.

De Vienne l'empereur chassé,

Abandonné de tous, de toutes parts pressé,

Dans les rangs ennemis voyant marcher le Russe,

Redoutant la Saxe et la Prusse,

Accablé de malheurs succomba sous le faix :

De la main de sa fille il acheta la paix.

« Avec lui nous voilà donc liés pour jamais ! »

Disait le bon frater. « Lé cher papa beau-père !

« Qui pourrait aujourd'hui résister à nos lois?

« Eh ! cadédis ! avancez Navarrois,

« Maures et Castillans ! Et Pitt ! qué va-t-il faire? »

— Cet hymen en effet peut le contrarier,

Mais nos îles sont envahies,

Nos vaisseaux sont détruits, Linois est prisonnier ;

Nous n'avons plus de colonies. —

« Tant mieux ! Si Pitt en conçoit dé l'orgueil,

« C'est qu'il sé met lé doigt dans l'œil.

« Toutes ces îles, pour la France,

« N'étaient qu'un sujet dé dépense ;

« On nous les prend, c'est un bonheur.

« Vous en doutez ? Lisez *lé Moniteur*.

« Et puis par un blocus l'Angleterre est serrée. »

—Comment donc ! de ses ports lui ferme-t-on l'entrée?—

« Non pas, c'est nous qui né récévons rien

« Et qui n'exportons plus. Vous concévez fort bien

« Qu'en gardant nos produits, uné riche abondance

« Désormais va régner dans notre bellé France.

« Dé l'avide Albion nous saurons nous passer... »

— Quoi ! de café ? de sucre ? —

       « On peut les remplacer,

« Lé sirop dé raisin, lé miel, la chicorée....

« Vous riez : cépendant la chose est avérée ;

« J'en use, et jé fais plus : lé bon tabac s'en va ?

« Patriotiquément jé fumé dé l'orva ;

« Mais laissons ces bibus. Tout à mon allégresse,

  « Des bons Français jé séconde l'ivresse.

  « Cé soir on a l'illumination ;

« Sur un beau transparent dé mon invention,

« On lira cette noble et touchante dévise :

« *Napoléon et Marie-Louise.*

« *Sandis! quelle heureuse union!*

« *Ah! puissent-ils bientôt nous donner un poupon!*

« Jé n'y tiens plus, la vervé mé transporte;

« Jé déviens un Voltaire, ou lé diable m'emporte;

« Adiusias! »

Ces vœux furent remplis;

Heureux encor, Bonaparte eut un fils.

Sa folle ambition s'en accrut davantage.

Pour l'assouvir rien ne lui fut sacré.

Des Romains le chef révéré,

En'evé, maltraité, sans respect pour son âge,

Fut lâchement incarcéré.

Le Hollandais frémit de rage,

En se voyant contraint de vivre sous nos lois.

Hambourg, Brême, Lubeck tombent dans l'esclavage

Et réclament en vain leurs droits.

Une main rapace et sanglante

Presse le continent, l'atterre, l'épouvante.

Le Russe, fatigué de ce joug oppresseur,

A s'en délivrer se prépare.

L'Europe s'en émeut, l'orage se déclare,

Il gronde et sur le nord éclate avec fureur.

Notre frater, bouillant d'ardeur,

Rêvait déjà la conquête du monde.

« Nous allons à la Chine, ou lé diable mé tonde! »

S'écriait-il d'un air vainqueur,

« D'abord nous avons la Russie;

« Cé n'est qu'un déjeuner : dé là, dans la Turquie

« Nous allons prendré nos ébats;

« La Perse alors nous tend les bras,

« L'Inde est tout près, lestement on la gagne,

« Et les Anglais sont coulés bas.

— Mais commencez d'abord par les chasser d'Espagne

Où vous enterrez vos soldats. —

« Non pas. Pour faire uné tellé folie

« Bonaparte a trop dé génie.

« Ce rétard n'est qu'un jeu dé son esprit profond...

« L'Espagne est un creuset, l'Angléterre s'y fond.

« Quand nous voudrons, par un coup dé tonnerre,

« Nous terminerons cette guerre :

« Napoléon l'a dit. »

— Dit-il que les Français

Sont écrasés du poids de ses succès? —

« Lé Français peut souffrir quand il a la victoire...

      « Et la gloire, sandis! la gloire! »

—-Le bonheur vaudrait mieux. On nous charge d'impôts...—

« Mais on construit des ponts, des routes, des canaux :

« Peut-on sé plaindre encor. »

            — Nous sommes les victimes... —

« Eh, dé quoi? Cadédis! l'impôt né bougé pas;

      « On n'augmente qué les centimes. »

— Mais ces dons éternels... —

          « Oh ! c'est un autré cas :

    « Lé don, mon cher, est volontaire. »

— Si je ne le fais pas, j'aurai le garnisaire.

Il est dur d'être ainsi dépouillé de son bien. —

« Moi, jé n'ai pas le sol, on né mé prendra rien. »

— Ce n'est pas seulement notre triste patrie

        Qu'on opprime et qu'on humilie.

      Le nom français partout est détesté :

    Nous exerçons partout la tyrannie;

La Hollande nous plaît : la voilà réunie.

De quel droit lui ravir ses lois, sa liberté? —

« Dé quel droit? Eh! mon cher, lé droit est péremptoire.

« D'abord lé pays nous convient.

« Puis, ensuite, il nous appartient,

« C'est.... cé diablé dé mot échappe à ma mémoire....

« C'est une alluvion dé notré territoire ...

— Et le pape? —

« Ah ! lé vieux renard !

« Nous l'avons pris au traquénard.

« Figurez-vous qué lé saint homme

« Né voulait pas nous céder Rome.

« Né voulait pas !.... Peut-on prendré cé ton,

« Quand on parle à Napoléon ?

« En attendant qu'il changé dé ramage,

« Nous ténons l'oiseau dans la cage :

« On lé féra chanter plus bas.

« Lé Russe aussi prend ses licences :

« Il dit aussi qu'il né veut pas,

« Qué s'il fermé ses ports, il détruit ses finances....

« Nous allons lui parler. »

— Mais avec ces combats,

Ces appels successifs, nous voyons, chaque année,

Notre jeunesse moissonnée.

Bientôt nos champs seront déserts. —

« Mais vous prénez toujours les choses dé travers ;

« Permettez qué jé lé répète.

« Sandis ! lisez donc la gazette....

« Montalivet nous dit qué la conscription

« Favorise beaucoup la population.

« Plus on prend, plus il vient. »

— La maxime est nouvelle. —

« Quoi qu'il en soit, lé Russe en a dans l'aile,

« Jé lé dis, j'en suis sûr, j'en réponds ; serviteur :

« Jé vais liré *lé Moniteur*. »

L'élite des Français, celle de l'Italie,

Les enfants de la Germanie,

Sont, par Napoléon, entraînés aux combats.

Le sang ruisselle sur leurs pas.

On leur vend chèrement le plus faible avantage :

Sur des monceaux de morts ils s'ouvrent le passage.

Le Russe furieux frappe en désespéré,

Détruit tout. Smolensk aux flammes est livré.

Ces périls du soldat augmentent le courage ;

Torrent impétueux, il inonde, il ravage ;

Rien ne peut résister à son choc inhumain,

Et le drapeau français flotte sur le Kremlin.

O fille de l'enfer! impitoyable guerre!

Jamais de plus de maux tu n'affligeas la terre!

Bientôt Moscou ne présente aux vainqueurs

Que des débris fumants, la faim et ses horreurs.

Bientôt il fallut fuir la ville consumée.

Peindrai-je ton retour, ô déplorable armée?

    Je ne le puis. Pour tracer ce tableau,

Je manque également de force et d'éloquence;

Il faudrait dans le sang détremper mon pinceau.

Ah! plutôt au barbier donnons vite audience,

Et puisse sa gaîté chasser notre douleur!

Je le vois arriver tenant *le Moniteur*.

— Pauvre La Trousse ! on se retire.... —

« Comment donc? qué voulez-vous dire?... »

— On quitte ce sol destructeur,

En un mot on fait la retraite. —

« La rétraite, sandis ! votre erreur est complète.

« Ah! vous connaissez bien lé pétit caporal !

« C'est un mouvément latéral,

« Et par cé mouvement, manœuvre très adroite,

« Nous pouvons nous porter à la gauche, à la droite,

« Au centre.... où nous voudrons enfin.

« Hein? lé pétit homme est-il fin?

« D'ailleurs chaqué soldat aura largé pitance,

« Des fourrures, des gants ; tout est prévu d'avance :

    « Jé suis tranquille. »

                        Un silence effrayant,

            Un mois entier se prolongeant,

        Dans tous les cœurs porte l'inquiétude.

            Cette pénible incertitude

    Eut son terme fatal. Il parut un matin,

            Ce désespérant bulletin,

    Faible esquisse de maux inconnus dans l'histoire,

    Et tels que nos neveux auront peine à le croire.

        Je supposais La Trousse agonisant.

            Point du tout, il vient en sifflant...

    — Vous êtes gai ? —

« Sandis ! jé ris dé l'humeur noire

« Mais c'est vous qui dans cé moment

Ressemblez un enterrement.

« Qu'avez-vous donc ? »

                        — Ce bulletin m'accable. —

« Ah ! vous donnez aussi dans cette fable.

« Allez : lé mal n'est pas si grand qu'on nous lé fait.

« Avec intention l'on enflé lé cornet.

« On veut rémonter la partie ;

« Il nous faut dé l'argent, dé la cavalérie ;

« On dit qu'on a perdu.... né concévez-vous pas....

« C'est uné ruse. »

                    — Eh ! non ; mais je nous vois bien bas. —

« Bah ! vous voyez en noir. Pour moi rien né m'alarme.

« D'ailleurs Napoléon sé porté comme un charme,

« C'est tout cé qu'il mé faut. On lé dit à Paris.

    « Il va récommencer. »

          — Tant pis !

Ah ! si c'était pour sauver la patrie.

Mais pour un fol orgueil, pour une dynastie,

    Faut-il aller dans les glaces du nord

Affronter de nouveau la misère et la mort ? —

« Vous mé désespérez, ou lé diablé mé scie !

« Eh ! pouvait-il prévoir qu'il fît froid en Russie ?

« Contré les éléments qué pouvait la valeur ?

« Il prendra sa revanche, et vivé l'empereur ! »

Par l'ordre d'un sénat lâche et sans caractère,

Les Français sont encore aux combats appelés ;

L'enfant quitte en pleurant ses parents désolés,

Et va mourir loin des yeux de sa mère.

Wurtchen, Lutzen, Botzen, champs d'horreur, champs de deuil,

De cent mille conscrits vous fûtes le cercueil.

Inutiles combats ! inutile armistice !

Napoléon, avec orgueil,

Se refuse à tout sacrifice.

Contre lui l'Autriche entre en lice ;

Il n'a plus d'alliés, et Leipsick est l'écueil,

Où le fait échouer l'éternelle justice.

L'ouvrage de vingt ans fut détruit dans un jour.

Ces rois qu'il divisa, qu'il vainquit tour à tour,

Réunis en faisceau, méditent leur vengeance.

Tout le nord est debout. L'Espagnol et l'Anglais

Passent les monts, campent devant Bayonne;

En tout lieu le tocsin résonne,

Et bientôt le Germain foula le sol français.

De factions la Suisse déchirée

Offrit aux alliés une facile entrée.

Ils font de rapides progrès.

L'empereur est partout. Ses talents, son courage,

Arrêtent l'ennemi, balancent le succès,

Et chaque jour c'est un nouveau carnage.

A Châtillon s'ouvre un congrès,

Où l'on parle de paix au milieu de la guerre.

Le bon frater ne s'inquiétait guère.

« Ils sont chez nous, tant mieux; ils vont s'en répentir;

« Cé n'est pas tout d'entrer, il faut pouvoir sortir.

> « On sé lèvé partout en masse;

> « Les voilà tombés dans la nasse;

> « Ils vont engraisser nos sillons. »

— Mais on dit qu'à leur suite on a vu des Bourbons.

Napoléon peut perdre sa couronne. —

« Des Bourbons! des Bourbons! vous mé la donnez bonne.

« Qué peuvent-ils? des gens inconnus, sans moyens,

> « Sans esprit, sans valeur,.... des riens.

> « Puis vous croyez qué lé beau-père

> « Consentirait à cette affaire,

« Détrônerait sa fille et lé pétit marmot.

> « Vous lé prénez donc pour un sot?

« Allez, notre empéreur gagnera la partie.

« Lé fidèlé Murat nous gardé l'Italie ;

« Et lé digné sénat, et lé loyal Marmont,

  « Et Talleyrand pour la diplomatie !

    « Tous ces braves travailleront,

    « Ils sécondéront cé génie,

    « Cé héros, notre seul espoir.

    « Pour vos Bourbons ça fait rasoir ;

    « On sé rit de leurs entreprises.

« Adiusias ! dans peu nous en verrons des grises. »

En effet, les Français durent être surpris

De voir les alliés pénétrer dans Paris ;

De voir Napoléon, que le peuple abandonne,

En faveur de son fils déposer la couronne ;

    De voir enfin le roi Louis,

L'olivier à la main rentrer dans le pays ;

Signer la paix, créer l'allégresse publique.

Et dénouer ainsi ce drame politique.

L'histoire nous dira par quels ressorts heureux,

Les amis des Bourbons virent combler leurs vœux ;

Elle nous apprendra si ce fut la prudence,

Qui dicta le traité des rois avec la France,

Ou si, comme le crut tout Paris enchanté,

Ce fut la générosité.

Laissons au temps à percer le nuage,

Et revenons à mon Gascon.

Il m'avait délaissé pendant ces jours d'orage.

Je disais : le pauvre garçon

Sera dans un accès de rage,

Parti pour l'île d'Elbe avec Napoléon.

Je me trompais. Du Louvre approchant la barrière,

Je le vis. Un ruban parait sa boutonnière ;

Une cocarde blanche étalant son ampleur,

Tombait jusqu'à son front où brillait le bonheur.

— Eh ! que faites-vous là ? —

    « Moi, jé suis dé service. »

— Ce ruban ? —

    « Vous voyez un compagnon du lysse.

   « Oui, sandis c'est à ma valeur !

   « Qué jé dois cetté noblé fleur.

— Comment donc? —

          « Quand chez nous sé commença l'attaque,

« Jé m'y trouvais, sandis! mais pour qué lé Cosaque

      « Pût dans nos murs entrer plus librément,

         « Jé m'esquivai tout doucément,

      « Vous comprenez, c'est un service immense

      « Qué jé rendis alors au roi dé France;

« Car enfin, mon très cher, si jé fussé resté,

« Et Cosaque, et Prussien, tout était culbuté,

« Pas un né réchappait. On connaît ma vaillance.

         « Mais servir un usurpateur!...

« J'ai laissé tout finir, puis au poste d'honneur

      « Jé suis vénu chercher ma récompense.

      — Mais l'empereur? —

« Ah ! lé brigand !

« Lé scélérat ! tigre altéré dé sang !

« S'il réussit parfois, maintenant on sait comme ;

« C'est qu'il faisait des pointes à coups d'hommes.

« Ah ! ah ! Châteaubriand l'a joliment traité ! »

— Eh ! vous en étiez enchanté. —

« Moi ! jé né vis jamais en lui qu'uné pécore ! »

— Comment donc ? l'autre jour vous me disiez encore :

C'est un héros, c'est un... —

« Eh ! bien, sandis !

« Si jé l'ai dit, jé mé dédis ;

« Jé né suis pas le seul. Et quellé différence,

« Dé cet usurpateur à cé bon roi de France !

      « Quelle douceur ! quelle sérénité !

      « Quel bon ton ! quelle majesté !

« C'est qu'il n'est pas un sot, jé vous lé certifie.

      « Comment diablé c'est un génie.

« Il parle comme un livre ; éloquent, plein d'esprit,

« Et toutes les vertus, *lé Moniteur* lé dit.

      « Puis cé d'Artois, quellé noblesse,

      « Et cette adorable princesse !

      « Cette fille des rois ! jé pleure dé tendresse.

« Et cé duc d'Angoulème ! et cé duc dé Berri !

      « Qui nous offre du bon Henri

      « La ressemblance si parfaite,

      « A cé qué nous dit la gazette !

      « Quel brillant avenir ! quelle félicité !

« Qué faudrait-il encor ?

> — Asseoir la royauté
>
> Sur sa base la plus solide;
>
> Sur une sage liberté.
>
> Il est temps, à la fin, que la raison nous guide,
>
> Et, par de bonnes lois prévienne les abus.... —

> « Nous avons les Bourbons, qué nous faut-il de plus?
>
> « Sous cetté racé sans séconde,
>
> « Lé Français fut toujours lé plus content du monde.
>
> « Charles neuf! Louis onze! on sait comme autrefois
>
> « Le peuplé était heureux avec dé pareils rois;
>
> « Ces beaux jours reviendront. Vivé la monarchie!
>
> « Point dé lois; au monarque il faut qu'on sé confie. »

> — Mais vous rêvez... —

« Jé rêvé lé bonheur ;

« Eh ! laissez donc sé dilater mon cœur.

« Jé né vois qué jours d'allégresse.

« Plus dé soucis, plus dé tristesse ;

« Plus dé conscription, plus dé droits réunis !

« Cet Alexandre ! il est dé nos amis.

« Avec l'Anglais plus dé quérelle ;

« Tous les rois à nous sont unis ;

« Plus dé guerre, sandis ! une paix éternelle !

« Il fallait ça : vivé lé roi Louis !

IL FALLAIT ÇA

ou

LE BARBIER OPTIMISTE

TROISIÈME PARTIE

1814-1830

TROISIÈME PARTIE

1814-1830

Point d'exorde : allons droit au fait.

Ami lecteur ! il te souvient, je pense,

Que mon carabin, satisfait

Du retour des Bourbons en France,

Avec transport les exaltait.

Beaucoup de gens partageaient cette ivresse.

On se disait : le roi, les princes, la noblesse,

7.

Ayant subi l'épreuve du malheur,

Se conduiront avec sagesse,

Et chacun de rêver un avenir meilleur.

On s'abusait. L'erreur fut passagère.

Bientôt les héritiers des lis

Prouvèrent aux Français surpris,

Qu'ils n'avaient, dans l'exil sur la terre étrangère,

Rien oublié, ni rien appris.

A la cour on vit reparaître

L'essaim des courtisans, flatteurs et favoris,

Affamés d'or, brûlant de s'en repaître,

Et qui surent bientôt faire entendre à Louis

Que la charte, les lois, ne sont que vains écrits,

Que le roi seul doit se montrer le maître.

Remplis d'un sot orgueil, on vit les hobereaux,

Accabler de mépris la noblesse nouvelle.

A sa promesse peu fidèle,

Louis maintint, aggrava les impôts.

Des couvents et des presbytères

On réclama les revenus, les biens ;

L'ambitieux clergé revendiqua ses terres :

L'alarme fut parmi les citoyens,

L'effroi chez les propriétaires.

— Cela finira mal, — disais-je au cadédis :

— Le roi se perd. —

« Comment, il sé perd ? au contraire ;

« Il récompensé ses amis ;

« Il rélève l'autel, il veut régner, sandis !

« Mais, lé Français ! rien né peut lui complaire ;

« Il sé plaît à blâmer, bougonne constamment,

« Et sé permet sur lé gouvernément

« Des satires, des chansonnettes :

« Ah ! pour lé méner rondément,

« Il faut lui mettré les poucettes. »

— Oui ; mais gare Napoléon... —

« Qu'il vienne, lé forban ! qu'il quitté sa tanière !

« Jé né suis pas un fanfaron,

« Mais jé juré, foi dé Gascon,

« Qué nous l'étrillérons dé la bellé manière.

« Nous sérons là, sandis ! tout bouillants dé valeur,

« Prêts à donner nos bras, notre existence

« Pour sauver les Bourbons : allez ! l'usurpateur

« Né réverra jamais la France. »

Il la revit. Son antique bonheur

Le suit encore : il aborde en Provence ;

Il prend terre, escorté de quelques vieux soldats,

Respectables débris d'une gloire passée.

En vain un régiment veut arrêter ses pas ;

Il parle, tout fléchit, et la troupe empressée

L'entoure, le salue, et crie avec ardeur :

Vive Napoléon ! la patrie et l'honneur !

Il marche et chaque instant voit grossir ses cohortes.

Grenoble leur ouvre ses portes ;

Lyon les reçoit dans son sein.

L'aigle, au sommet du drapeau tricolore,

Franchit l'espace ; il vole, il vole encore ;

Rien n'arrête son cours : les arrêts du destin

Sont accomplis, et l'aventureux Corse.

A revu son palais sans brûler une amorce.

Vingt jours avaient suffi. Ces nobles valeureux,

Fiers soutiens des Bourbons, voulant mourir pour eux,

Virent évanouir cette vapeur guerrière :

Pas un seul du fourreau ne sortit sa rapière.

Louis, perdant l'espoir, de tous abandonné,

En Belgique fuit consterné,

Bien repentant, et traînant sur sa trace

Ses tristes conseillers, auteurs de sa disgrâce.

Napoléon, au trône remonté,

En rechignant parle de liberté;

Mais dans son âme en secret il aspire

A conserver la charte de l'empire.

Notre Gascon, du retour enchanté,

Ne rêvait plus que droits, égalité,

Le bonheur, l'âge d'or.

« Jé né mé sens pas d'aise,

S'écriait-il : « Quel brillant avénir !

« C'est fait, nous allons révénir

« Aux beaux jours dé quatré-vingt-treize !

« Il fallait ça. Mais ces Bourbons,

« Sont-ils pénauds ! sont-ils capons !

« Et ces courtisans ! les bravaches !

« Ont-ils eu peur dé nos vieilles moustaches !

« Et l'héroïne dé Bordeaux ?

« Et cé fameux duc d'Angoulême,

« Avec sa face dé carême,

« A nos grognards a-t-il montré lé dos ?

« S'est-il, comme un sot, laissé prendre?

« Non, cadédis! jé né puis rendre

« En cé moment tout lé plaisir qué j'ai!

« Pour l'achéver, jé cours au champ dé Mai. »

Triste fut la cérémonie.

En vain Napoléon s'exprime avec chaleur,

Et son étoile, et son génie

Semblent avoir perdu leur prisme séducteur.

Le peuple resta froid à sa prosopopée.

D'un noir pressentiment l'âme préoccupée,

Il sé disait : Son épouse et son fils,

Malgré ses vœux ardents, ne sont pas dans Paris.

L'Autriche nous trahit et l'Europe est en armes,

Prête à fondre sur nous. Quoi! toujours des alarmes,

Des périls! Ah! la paix vaudrait mieux. Les soldats,

Veulent, en marchant aux combats,

Dans le sang ennemi laver plus d'un outrage.

Ils appellent la guerre, et leur mâle courage

S'indigne d'un retard qui les tient l'arme au bras.

Napoléon, sans espérance

De traiter avec l'étranger,

A la tête des siens va, rempli d'assurance,

Affronter un nouveau danger.

L'abord victorieux, il s'enflamme, il s'élance.

Dans les champs de Ligny son bras triomphe encor.

L'aigle a semblé reprendre son essor.

Un pas de plus et la France respire.

Vain espoir : la fortune a quitté ses drapeaux.

Waterloo! sol funeste où s'éteignit l'empire,

Toi, qui vis succomber tant de nobles héros,

Dévoile tes secrets : dis-nous par quel mystère,

L'Anglais, à qui d'abord le destin fut contraire,

Vit tout à coup changer ses cyprès en lauriers !

Raconte-nous les traits de nos braves guerriers ;

Dis-nous que mutilés, hachés par la mitraille,

Conservant leur fierté sur le champ de bataille,

Ces preux, au déshonneur préférant le trépas,

Criaient : La garde meurt, elle ne se rend pas !

Ah ! de ce jour sanglant et d'affreuse mémoire,

Qui pourrait dignement nous retracer l'histoire ?

Pour moi, trop inhabile à peindre ces hauts faits,

Je pose le pinceau, j'admire et je me tais.

Napoléon, contraint d'ordonner la retraite,

Pressé de fuir, errant et sans appui,

Veut résister encor ; mais après sa défaite,

        Tous les cœurs sont fermés pour lui.

Il est proscrit, surveillé ; quel asile

Peut le mettre à l'abri du sort persécuteur ?

        Il cherche ; hélas ! peine inutile.

Traqué partout, accablé de douleur,

Il se résout : c'est du roi d'Angleterre

        Qu'il sollicite un coin de terre,

Pour reposer sa tête et mourir ignoré.

Il crut que le malheur devait être sacré ;

Il se livre aux Anglais, quitte le sol de France,

        Et s'embarque avec confiance ;

Mais à peine ses pieds avaient touché l'esquif,

Ce ne fut plus un hôte, on en fit un captif !

Déloyauté ! perfidie ! on l'entraîne,

On fend l'onde. O néant de la grandeur humaine !

L'homme heureux qui semblait maîtriser les hasards,

Qui reçut dans son lit la fille des Césars,

Qui vit à ses genoux vingt têtes couronnées,

Et du monde à son gré réglait les destinées ;

Ce demi-dieu, maintenant dans les fers,

Va, subissant la loi d'un obscur capitaine,

Expier ses succès, ses fautes, ses revers,

Sur le rocher de Sainte-Hélène !

Notre frater en prit lestement son parti.

« Eh ! donc, lé cher homme est parti.

« Bon voyagé, sandis ! et vogue la galère !

« Il né réviendra plus, j'espère ? »

— Vous le regretterez peut-être un jour. —

                              « Qui? moi?

          « Moi lé régretter! et pourquoi?

          « Un fou, qui court à l'aventure

          « Sé fait battre à plate couture;

« Puis, quand il est frotté, s'en va comme un bénet,

          « Sé laisser prendre au trébuchet.

          « Ah! notré monarque est plus sage;

      « Il a filé quand il a vu l'orage,

      « Et mainténant qué les temps sont séreins,

      « Sous les drapeaux anglais et prussiens,

« Il révient fièrement. Dans cé jour il arrive,

« Et moi, sur son chemin, jé vais crier : Qu'il vive! »

          Il disait vrai. Louis le Désiré,

                              8.

De baïonnettes entouré,

Revient de Gand méditant sa vengeance.

Des courtisans l'inévitable engeance

L'encouragea : toujours on vit la cruauté

Compagne de la lâcheté.

Au mépris de la foi jurée,

Le roi signale sa rentrée

Par la proscription, le meurtre. La terreur

Plane partout. Au midi de la France

On vit régner le massacre et l'horreur.

Et toi, modèle de vaillance,

Nouveau Bayard ! pour un instant d'erreur,

Le plomb français frappa ton noble cœur !

De l'étranger les cohortes sauvages

Portent le deuil aux hameaux, aux villages,

Vont du Musée enlever les tableaux,

Coupent les bois, pillent les arsenaux,

Et d'un milliard chargent leurs équipages.

Le peuple volé, rançonné,

S'émeut, frémit, ne voit plus qu'une voie

Pour contenir l'ennemi forcené :

Il le menace, et soudain consterné,

Mais chargé de butin, il lâche enfin sa proie.

Le calme reparut : ce calme était trompeur.

Le roi, vassal de la Sainte-Alliance,

Aspire à recouvrer la suprême puissance,

Et procédant avec ruse et lenteur,

Sape tout doucement la charte de la France.

Sur son roc, l'empereur, par le chagrin miné,

A coups d'épingle assassiné,

N'y résiste plus, il succombe.

Louis bientôt après le suivit dans la tombe.

Charles dix lui succède; et l'on voit les cafards,

Sous ce règne nouveau surgir de toutes parts.

Dès lors bigoterie, hypocrisie, intrigues :

Pour diriger les coups les jésuites sont là !

En disciple soumis des fils de Loyola

Le roi courbe la tête, et s'unit à leurs brigues.

En peu de jours, grâce à ses soins fervents,

Le trésor fut pillé pour doter les couvents;

Et les fonds destinés aux caisses militaires,

Remplirent en secret la bourse des bons pères.

Au frère ignorantin l'enfant abandonné

Fut d'abord abruti pour mieux être enchaîné.

Chacun suit le torrent : à la cour, à la ville,

On ne peut parvenir sans jouer l'imbécile :

Et jusqu'à mon frater que je vis, un matin,

Suivre le sacrement, un gros cierge à la main.

— Que faites-vous, La Trousse, et quelle mômerie? —

« Ah! né blasphémons pas, mon frèré, jé vous prie,

« Ou fidèle au serment qué jé né puis fausser,

« A monseigneur Lathil jé vais vous dénoncer.... »

— Allez, vous êtes fou ! —

                              « Non pas, jé suis fort sage;

« J'imité dé mon mieux les gens du haut parage :

« Je porte un cierge, est-ce un mal ! non vraiment;

    « Soult et Dupin l'ont fait dévotément.

« Un grain d'ambition m'a passé par la tête;

« Dé mé voir marguiller jé mé fait uné fête.

« Pour arriver au but jé m'exerce; et jé crois

« Qu'à la procession jé porterai la croix :

« Quel honneur ! aujourd'hui je m'achète un cilice. .

              « Adieu ! le ciel vous convertisse ! »

Dans ses langes bénits, le peuple emmailloté,

Voit, décrets par décrets, périr sa liberté;

              Loin de poursuivre avec prudence,

Les prêtres et le roi, dans leur impatience,

Brusquent l'événement et, sans rien ménager,

Proclament de Juillet la fatale ordonnance.

Le Français attéré la parcourt en silence,

              Il se réveille; il a vu le danger.

On se rassemble, on proteste, on s'indigne.

Vainement la garde et la ligne

Veulent réprimer ces élans :

Tout s'arme, les vieillards, les femmes, les enfants.

On se retranche, on fait des barricades,

Chaque maison devient un fort

D'où partent des arquebusades

Qui portent dans les rangs le désordre et la mort.

Le pavé meurtrier, qu'on lance de leurs cimes,

Frappe et vient décupler le nombre des victimes,

Avec fureur la troupe a résisté ;

Mais que peut le courage en cette extrémité ?

Le peuple enfin triomphe ; il obtient la victoire,

Et sait, par la clémence ajouter à sa gloire.

Charles, de ce revers désespéré, confus,

Propose de traiter ; il éprouve un refus.

IL FALLAIT ÇA.

Sa déchéance est prononcée.

Pour recouvrer sa puissance éclipsée,

Il veut combattre : il n'a plus de soldats.

Il veut rester : on ne le permet pas.

De tout côté les masses animées

Pressent sa fuite et le suivent armées.

On le menace, on n'en veut plus ; enfin

Le triste roi, poursuivant son chemin,

Honni de tous, n'ayant plus d'espérance,

A coups de fourche est chassé de la France.

Après ces trois jours glorieux,

Où des braves sans chefs renversèrent le trône,

On veut le relever et l'on jette les yeux

Sur d'Orléans : on met à ses pieds la couronne ;

Il paraît, il l'accepte, et le peuple enchanté

Croit qu'une charte enfin sera la vérité :

Philippe l'a juré. Le drapeau tricolore

D'un avenir brillant semble annoncer l'aurore.

On espère, on s'embrasse, on chante, on est heureux ;

Cette péripétie a comblé tous les vœux ;

Et carliste, et frondeur, et noble, et fanatique,

Tout se taisait devant l'allégresse publique.

C'était un vrai délire ; et je vis mon frater,

Auprès du Carrousel, d'un air joyeux et fier,

　　　Dirigeant une farandole,

De sa voix de fausset brailler la Carmagnole.

— Courage ! —

　　　« Eh ! venez donc vous mêler avec nous. »

— Et votre cierge ?

9

                « Bah ! j'étais avec les loups

« Et jé hurlais comme eux. J'ai quitté leur étable,

« Lé cierge, lé cilice et la croix sont au diable !

« J'ai lâché tout céla pour lé fusil. »

                       — Comment !

Vous seriez-vous battu ? —

                 « Cadédis ! vertement ;

        « Et né croyez pas qué jé blague ;

« Plus d'un Suisse a senti la pointé dé ma dague.

« Jé né mé vanté pas, on lé sait, mais sandis !

« J'estimé pour ma part en avoir tué dix :

« C'est aller joliment. Aussi jé m'imagine

« Qué la croix dé Juillet ornéra ma poitrine !

« Et jé la récévrai. Philippe est bon enfant,

« Généreux et réconnaissant.

« Quoiqué Bourbon, nous avons dû lé prendre.

« Plein dé l'honneur français, il a su lé défendre

« A Jemmapes, à Valmi. Peste ! c'est un grivois !

« Qui voudra nous tâter recevra sur les doigts.

« Puis c'est un père dé famille

« Franc, honnête homme, en qui la candeur brille.

« Pas fier : lé croirez-vous ? il m'a serré la main !

« Voilà cé qui s'appelle un roi républicain !

« Les ultras vont fumer uné fameusé pipe :

« Il fallait ça, sandis ! vivé Louis-Philippe ! »

Ah ! plaise au ciel que le bouillant Français

Connaisse enfin le prix de l'ordre, de la paix !

Et qu'un nouveau vertige, une crise insensée,

Ne viennent, rallumant un funeste brandon,

Me donner la folle pensée

De faire encor bavarder mon Gascon !

FIN.

Quelques personnes m'ont témoigné le désir de voir une quatrième partie accompaguer celles qui vont être livrées à l'impression. Je me permettrai de faire observer à ces lecteurs bénévoles, que l'auteur soit d'un roman, soit d'une pièce de théâtre, ne s'est jamais mis à l'œuvre sans avoir conçu et préparé son dénouement. Or, du drame politique qui se joue en Europe dans ce moment, qui pourrait prévoir l'issue? N'ayant point le don de prophétie, j'attends, comme tous les gobe-mouches, qu'il plaise au ciel de débrouiller le chaos. Jusque-là je laisserai mon frater en paix. Je sais bien que j'aurais pu lui faire crier successivement : Vive Lamartine! vive Barbès! vive Cavaignac! enfin, vive Napoléon! et répéter : Il fallait ça! à chacune de ces élévations et de ces chutes; mais cela n'était point satisfaisant. J'avais besoin pour terminer ma besogne de quelque chose de positif, et ce positif est encore dans les mains de la Providence.

Lorsqu'elle aura daigné se manifester, j'essayerai de prendre la plume et de remettre en scène mon carabin. Vienne donc une péripétie! en l'attendant, patience et résignation.

Etude sur Montaigne, analyse de sa philosophie par E. Catalan, par F. R.

Un séjour dans la baie d'Hudson, ou esquisse de la vie sauvage en Amérique, par M. Rob. Ballantyne (fin).

Bulletin littéraire.

BULLETIN SCIENTIFIQUE.—Physique. Chimie. Minéralogie et Géologie. Anatomie et Physiologie. Zoologie et Paléontologie. Observations météorologiques.

N° 38. — 15 Février 1849.

Pellegrino Rossi.

Guillaume de Humboldt (Lettres à une amie) (suite), par Ed. Humbert.

Charles de Martens. Souvenirs de la vie militaire et politique d'un ancien officier.

Constantinople. Les Francs.

Bulletin littéraire.

Notice géographique et botanique sur la Moldavie, par M. Ch. Guebhard.

Recherches sur les phénomènes d'induction par les décharges électriques, par M. E. Verdet.

BULLETIN SCIENTIFIQUE.—Physique. Chimie. Minéralogie et Géologie. Anatomie et Physiologie. Zoologie et Paléontologie. Observations météorologiques.

N° 39. — 15 Mars 1849.

Mémoires de F. de Rovéréa, écrits par lui-même et publiés par G. de Tavel (fin), par L. Vulliemin.

Quelques mots sur Avitus, évêque de Vienne en Dauphiné, par F. Naef.

Ernest-Maurice Arndt, par C. Monnard.

Etudes biographiques sur Louis-Philippe d'Orléans, dernier roi français, par M. A. Boullée.

Bulletin littéraire.

Notice sur la Géologie du Tyrol allemand, et sur l'origine de la dolomie, par M. le professeur A. Favre.

Sur le pouvoir magnétique du fer et de ses produits métallurgiques, par M. le professeur Delesse.

BULLETIN SCIENTIFIQUE.—Physique. Chimie. Minéralogie et Géologie. Anatomie et Physiologie. Zoologie et Paléontologie. Observations météorologiques.

Imprimé par GUSTAVE GRATIOT, 11, rue de la Monnaie.